此の世にこそ華がある「地獄と極楽」
無駄にするなよ我が人生《みち》を!!

川村精一
KAWAMURA Seiichi

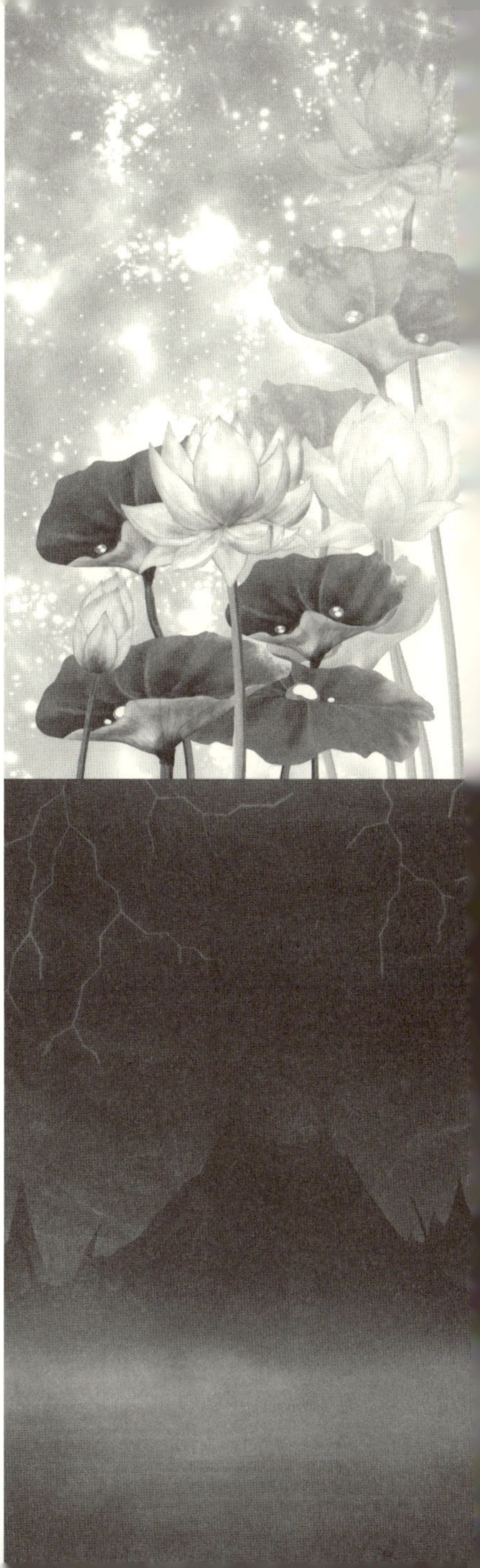

文芸社

はじめに

人生僅《わず》か五十年も最近では、医、薬、医療機器、ＩＴの技術向上によって更なる研究、改善がなされ、百歳まで生き延びることができるようになったと言われている。人間は生命の誕生と共に、宿命と運命を背負いながら生きてゆかねばならない。なかには短命で早く亡くなる人も多いようである。

人生の途《みち》は平坦ではなく、困難な峠道では越えられない所も多々ある。そんなとき、自分の知恵と努力に加え、他人《ひと》の助言と協力を願い、苦境を脱せねばならぬ。

私は子供の頃から母親に連れられ神社仏閣に行った記憶があり、四十歳くらいのとき、ちょっとしたきっかけで般若心経を理解しながら唱えれば最高と思い、般若心経に関する本を読み始めた。熟知したつもりでも、読めば読むほど奥深く、掘り下げて考えてみてもまた難題が降りかかったが、自分のわかる範囲で得た結果が、般若心経はお釈迦様が生きる人に、生きる途《みち》を示した教訓であると判断した。

此《こ》の世に生を受けるまで、何百、何千年かかっただろう。この世は最大のパラダイスであり、露骨に言えば、金があれば何でも買いたい物は買え、広い世界のどこへでも行ける。日本は四季があり、風光明媚な国である。そんな良い国に住んでいながら自殺する人が多いようで、他に生きる方法はなかったのか残念である。孤独を捨てて誰か仲良く話し合える人はいなかったのか、相談に乗ってくれる友人や仲間の他、役所、警察の相談室もあるはずである。努力して、まずは生きることを念頭にして考え直そう。必ず助力を得られるはずだ。

テレビでも放映されていたが、〝お寺に行き阿弥陀如来、観音菩薩、勢至菩薩をお祀りしている所でお参りすれば「極楽浄土」に導びかれます〟と言われるのだが、死んだ人が帰ってきていないので確証はないと私は思う。

此の世にこそ地獄（貧困や病気、苦しみ事等）や極楽（優雅に暮らす）があり、他の所にはないので、力のある限り努力して優雅に過ごしたいものです。

文芸社様には今まで『般若心経　苦しみの中で光を見失ったあなたへ』『人生泣き笑い　勝てぬ馬が勝った!!』の二冊の制作をお願いしました。今回、『此の世にこそ華がある「地獄と極楽」無駄にするなよ私が人生《みち》を!!』を上梓いたしました。

私の人生の記憶に残された部分と、変わりつつある現代の様子を、私なりに書いてみました。

目次

人類の誕生、その命の根源とは

太古から受け継いだ地球は幾多の変化を乗り越え、宇宙にある多数の星、太陽、月などと共に生存している。四十五億万年前、太陽が活動期に入ると地球、月はその影響を受け、氷河期以前には大きな恐竜など多種多様な動物が生息。当時は地殻の変動もなく地続きであったのだろう。その証拠に福井県地方では恐竜などの化石が発見されている。もちろん弱肉強食によって制覇されていたのだろう。

氷河時代に入り、大きな恐竜も姿を消して、やがて長い時期を経て、人間の生存期に至る。古来人間の根源と生息を共有する魚の変化は、ブラジルのアマゾン川の流域に棲んでいた魚類であったようだ。以後、多年数経った後、手、足が外部に出揃い、背鰭《せびれ》が背骨に変化し、立ち上がり、人間らしい姿に変貌したと、テレビの報道番組で放送されていたのを覚えている。興味のある方は専門書を読んで確証を得てください。

人間の新たな生命の根源は、知らぬ者同士の、男性と女性の性交渉により、性の行識、発一念と同時に如来様の心分霊（心の精神的な働き、精神）なるものが同時に入魂されることで、人間として現実世界の誰かわからない人からの宿命を受け、新たな一生の出発になる。同じ親から生まれたきょうだいがいたとしても、血液ＤＮＡが一緒であっても、分心霊が誰かわからない人が入るので性格や精神的な行動も異なるものである。

これは般若心経を教えてもらった〝エンジェルプラン〟北野耕嗣氏指導の元「般若心経の談義」は大筋をわかりやすく文書にしたもので、本の最終章に記しています。是非読んでいただきたい。

跡継ぎ息子として選択した道

幼少時から頭脳明晰を持って生まれた人。家庭環境も良く親の教育指導で、その子供なりに思考が成長してゆく者。まだ基準に達せず、底辺を歩む者たちが揃ったときがスタートラインになる（時期が揃わず大幅にずれる人もいる）。知能を生かし自然に労せずしてエリートコースを進む者、できずとも苦労と努力して自力で開発してゆく者、時が来るまで全然何も考えずに他力本願で自立する者、千差万別である。これによって、その人の生活模様が変化する。

中学での学問はいかなる学科（英語、数学、国語、歴史、地理、科化学など）においても浅く広く、丁寧に余裕を持って教えてもらえる。中学時代は大切な時期であり、年齢的にも記憶力の盛んな時期で、その流れに乗った人は良い方向に進むが、逸した人は苦労を強いたげられるだろう。何故ならば高校、大学の専門科目の基礎になるからである。

私の中学時代は、勉強する仕方がわからず、迷いながらいい加減に過ごしていた。もちろん最下位を歩んでいた。卒業して高校に入学し、やっと自身が勉強をせねばならんと反省した。一緒に遊んでいた友人が一気に成績が上位に入ったからであった。

当時勉強しなかったことは、今も悔しい想いでいっぱいである。比較されるのが辛かった。

私は親子三人暮らし、一人息子で、大学二年までは正常に生活できた。だが突然、父親が結核になり入院し、水道設備業の跡継ぎを迫られる。大学の二部（夜間部）に学業の残りを託することも考えたが〝二兎を追うもの、一兎も得ず〟と諺にあるように、私は後者を選択した。それまで夏休みには仕事の手伝いをしており、職人さんが一名いたのも幸いし、二人で仕事に従事、地獄に仏である。

当時、世間は不景気の風が吹き、生活費、病院治療費もままならず、どんな仕事でも得なければならなかった。得るために、我が身を捨てて人との面接、得意様の意見を聞き、学び、良い所を自分の糧として接し、個人的に信頼され、仕事を任される。夢を抱き、一方で、仕事人の確保にはまた別の苦労があった。当時は新聞広告、チラシや人の伝《つて》を頼って集めることができた。

お金の極楽と地獄

お金について、「金は天下の回りもの」「金の切れ目は縁の切れ目」「金の貸借は不和の基」「金に糸目は付けぬ」「金が金を生む」などの諺があるが、金がなければ何もできない今の世の中、金を得るためには、何をすべきか。それは各人が持って生まれた性格や金運もある。

いろんな職種がある中で自分に適合する仕事を選び、それで会社を立ち上げた場合、銀行との取引状況には信用が大事で、認めてもらうことによって金を借りられ、事業に必要な人材、取引先の確保、事業が進展すれば儲けの金が入る。その金を利用すれば金が金を呼ぶのである。金の活性化である。その半面、事業が失敗に陥った場合、借金の返済に迫られ、最悪破綻に至った場合、すべてを失うことになり、今までやってきた苦労、信用も無駄になり、行く先大変である。これは地獄である。

若い頃から勉強を頑張って、高校、大学を卒業して大会社、官公庁に入社、真面目に勤務すれば退職時まで良き平凡な生活ができる。定年退職後、年金が入り、今までの預貯金があればそれを活用して第二の人生に臨む。各人によって変化がある、考えて損するものには手を出さず賢明に生きる人は幸福である。金を持っていれば悪に染まる遊びがあり、また夢もある。下手な考えを持てば悪の誘惑に負ける人が多く、詐欺師や賭け事には注意してください。

以前（一九七〇年頃）、日本国全体の人たちが潤った狂乱経済に入った時代があった。日本列島改造論の時代である。皆様も御承知、体験されたと思います。新幹線に始まり、不動産、高速道路、マンション建設他、企業の末端まで金回りが良く、極楽の夢を長く見続けた。

やがて、一九九一年頃にバブルが崩壊し、デフレのトンネルが始まり、予定していた約束手形が不渡りになり、証券会社（ワラント債）や、中小零細企業等の倒産が多数見られた。原因は、銀行に金がないため手形を決済することができず、外資系のヘッヂファンド（金利が高い）に融資を頼み、金に追われて、最終的には経営の破綻に繋がった。夜逃げ、取り付け騒ぎがあちらこちらで見受けられ、悲惨な地獄を見た。証券会社の倒産で個人投資家が失敗して亡くなった人も数多いと思う。

今まで、続けられていたギャンブル熱もコロナ禍になって、より極度に熱中されているようだ。競馬場には競走馬とその関係者がおり、客、スタンドには誰もいないが、レースは始められている。テレビの放送も十二時～十六時頃まで成されており、各地の馬券売場の営業売上げが三兆円の利益が有ったと報じられていた。

また同時にインターネットでの馬券購入が下押しして、競輪、競艇等の投票券の購入がシステム化し多大の利益を上げている。そうなるとレートも上がり、勝負の金額が大きくなり、勝った者は極楽であるが、いつかは大きく負けることもある。どちらにしても負けが勝っている。地獄の底を味わう人が多く、まったく気の毒に思う。

賭け事も遊びのうちはいいが、負けが重なれば友人、知人の元に金の無心に走り、挙句の果てにはノミ屋に手を出す。たとえば一枚、一割引の車券に手が染まり、一千万円以上の借財になればコワイおじさんが集金に来る。誰かが仲介に入って何回かに分けて支払うが、結局他の誰かに借金したり、夜逃げしたりすれば大変なことになり、本人や保証人の人命がややこしくなってくる。

賭け事に夢中にならず、新聞を見て賭けずに楽しむほうが円満である。

コロナ病の発症に伴い、政府は日本国民一名に十万円の給付金、また、小零細企業の売上金に対する損金の援助金、中小零細企業への無利子、貸出金（三年経てば国に返金）を行った。これは国の突然起こった金融の大盤振舞いであるが、借りた企業側の返済については定かでない。

令和二年頃から四年以上経過しているが、コロナ禍は根強く続いている。熱と呼吸器に悩まされる病に、日本を含めインドや他国では相当死者が多く、死後は葬儀を成されず、即、死体は焼かれてゆく。本当に気の毒である。

宗教二世の地獄の苦しみ

昔、岸内閣総理大臣の政権において、韓国から小さな仏教活動「統一教会」が日本に流入した（古い出来事で我々には報道もされず、知識もなかったように思う）。無智で金持ちの人を相手に高額な寄付を、また、宗教家によるマインドコントロールを通して毎月の上納金を強要し、少額の品物を提供していた。

いつの間にか勢力が拡大され、選挙に影響を与えるまでに成長し、静岡の議員選で、自民、野党も一緒に応援した候補者が、無所属での立候補（統一教会支援）者に負けたことに民衆は騒ぎと関心をもった。

その後、元自民党内閣総理大臣、安倍氏が奈良県の国会議員の応援演説中に、若者に背後から自家製の拳銃で射殺され、政権を揺るがす大問題に発展。加害者の若者は当然、殺人罪で逮捕されたが、彼の母親の統一教会への多額の寄付を巡ってさまざまな家庭内の問題が浮彫りになった。社会問題として国民全体で大きな話題となり、統一教会会員の二世の人たちは苦痛と苦慮を訴えている。統一教会員二世の多くの人たちが苦しみ悩んでいる姿は地獄そのものである。

❀中国経済の未来は極楽か地獄か

全世界に注目を与えた、中国の政治外交の一端であった一帯一路も、最近では相手国との交渉に不備（？）があったのか、中国の受けた工事で、工事の労働者を中国から連れてきて施工するために（これは相手国が生み出す労働力を自国に還元するのが本意）、注文主と施工主で揉めて進んでおらず止まっている。中国人の緻密な行動と計画に頭が下がる。けれどEUのイタリアが反対に回り、追従する国も増えるだろう。

アメリカの金利の上昇が始まったが、中国経済によると何かにつけてアメリカを抜いて中国が台頭して世界一になるのではないかと新聞に掲載され、その後、最近になって中国経済に不況音が流れ、以前に日本が体験した不動産不景気時代のバブルの破裂期の状態になっているという。

原因は、不動産投資（住居より投資の金儲けの金）及び建築材料の高騰、工事人の賃金によるものなのか、建築会社は自転車操業に追いつめられている。それ以外にも、一般の遊園地のような大規模な建築物等について、中国国家主席習近平主席の出資金が中止（貸出禁止）されたため、不動産業会の大手会社の倒産、工事は皆中止された。テレビでその状況が撮影されたのを見たが、悲惨な情景である。以上の如く若者、(今現在）二十~四十代くらいの人たちの就職も困難を極めている。

中国では昔、子供の一人っ子政策が行われたが、少子高齢化が進んで元の政策に変更したものの、子供の数が増えれば食生活に困難が生じるため、一人っ子政策の延長をしているようで生活費は大変である。

中国は内需の経済、産業に力を入れず、国家防衛費に莫大な費用を投入、これから先、民衆の生活はどうなるのか不安である。まるで生き地獄のようである。

中国政府は、その矛先を日本の福島県にある東京電力原子炉の廃液を（日本がWTO〈世界貿易機関〉に放流の書類を提出しOKの許可済）海に放流することを唯一不祥事と主張、中国国民は日本の国民や国会等に対して「海に流すな」の迷惑電話に終始している。その奥には何があるのか、それは台湾問題だと私は思う。もちろん、日本の食材の不買運動でもある。

❀未来への不安から新事業に挑戦

私は二十五歳のとき、二十一歳の糸子と結婚、二児の男子に恵まれた。だが、長男は八ヶ月一週で出産未熟児として生まれ、保育器で三ヶ月ほど入院し、生死をさ迷っていたのである。普通に生まれた子供とだいぶ格差があったが、自分の子供の誕生を心から感謝し、他人《ひと》の児《こ》と比較せず、やりたい放題に遊ばせていた。

やがて小学生四年頃には普通の子供と共に授業を受け、勉強もできるさまに安堵し、中学・高校を経て近大の建築科に入学し卒業した。次男は専門学校美術工芸科を卒業後、ナショナルの下請けの会社に就職し、図案科で頑張っていたようだ。

私は父親の家業を引継ぎながら未来への不安が頭にあった。そこで、年老いても誰に頼ることもなく人件費不要で運営できるアパートかテナント業を考え、株式会社ダイリンを設立し、アパート業に専念した。金もなく、糸子の父親に銀行を紹介してもらい、京都の宇治市に土地（六万坪）のご縁があり、そこに二十二世帯入居できる木造アパートを新設。すぐに全部入居が決まった。十年後には放火により消滅してしまったが、四年後、鉄骨三階建て十八世帯新築（A館）誕生。B、C、D館、その前に店舗を順次建て完了となる。

バブルの時代だったため、金余り現像にあり、銀行から「他に入り用があれば使ってください」と言われ、大阪日本橋の土地建物を電機量販店（j）と賃貸契約し、川村ビル株式会社を設立した。大阪（西田辺）阿倍野区の三階建てのビルの一階店舗で水道事業所を営業し、二、三階を住居にして、長男夫婦に家業を継がせた。長男夫婦は二男一女の三人の子供が生まれ、それなりの生活をしていたようだ。私の家内は親父夫婦と共に宇治のアパートの管理に忙しくしていた。
私は奈良の香芝市に売土地があり、建坪六十坪、四階のビルを建設。テナントにして三階のワンフロアーでカラオケステージを営業し、スタッフも三名ほど確保できた。その頃は小さなスナックが多数あったが、第一興商の画像と詞が出る珍しさのあまり、室内は客でいっぱいに。うまくやれるようにはなったが、さまざまな問題が発生し大変だった。

西田辺で営業している長男は水道業も軌道にのり、建築工務店のゴルフコンペに参加するも、下手なくせに賭けては負けて皆に支払いをしていた。長男は皆から人気があり、仕事を紹介してもらい、得意先も増えて満足していたようだ。だが、もともと酒が弱いのに酒好きなところへ拍車をかけた格好になり、しまいには身も心も酔って暴力を振るい、食べた物を吐いては寝てしまう日が多かったらしい。大得意先の建築業専務さんには気に入られたが、自分の嫁とは話が合わず、夫婦間に亀裂が入り、嫁は、嫁が抱えた得意さんと下請けの人たち、そして子供三名を連れて出て行ってしまい、地区の違う所で一軒の店舗を構えたのである。もちろん離婚届も提出済みで、長男は毎月養育費として十万円支払っていた。彼は地獄のどん底に突き落されたようで、よく酒を飲んでいた。私は酒を飲まない（飲めばジンマシンが出るため）ので、酒は何のために造られるのか、不満がいっぱいである。

彼は一人になって寂しくむなしい生活をし、仕事が唯一の生きる道を与えてくれたようであるが、やはり一人になると酒が寂しさを和らげていた。やがて山中能舞会（人間国宝山中雷三先生）に入会し、〝シテ〟方の師範に育てられ、有名な寺社へ参加するようになったが、打ち上げ時にも（酒が弱いのに）仲間と一緒に飲んで酔いしれ、五十二歳で他界したのである。

誠に恐縮でございますが「お酒」について私の勝手な疑問に当たることを記しましたので、酒の愛好者の方々から怒られると思いますが、お許しいただきたい。

酒は何のために飲むのか

神仏に捧げる清酒や祭礼に捧げるために造られたのであろう。

酒は「百薬の長」と言われ、身体には適度、ほろ酔い加減までは良いと聞く。その分量の酒が「百薬の長」の所以だと思う。ほどほど以上に酒を飲めば、臓器が機能しているときは良いが、しなくなったとき、腎臓、肝臓、他臓器に糖尿病が加わりアル中のレッテルを張られ、本人はそれを認めつつもまだ飲みたがり、入院、手術、最終は合併症で命の問題になる。

酒は飲むもの、飲まれるものではないと言われる。

酒は何のために飲むのか。祝い事、各種の宴会（新年会、忘年会）、集会等、お祭りや賑わいをみせる所で、友人知人との話し合い、歌や踊りが出れば、大きな拍手や手拍子が出て満足するときは良いが、欲求不満の血が騒げば酔って暴力沙汰になり、皆に迷惑をかけることになる。

最近、若者も意味もなくただ酒が強いことを良いように解釈し、酔いが早く回る強い洋酒や辛口の清酒等を飲みすぎ、悪酔いし、奇声をあげて日頃のウップンばらしをして満足する。それ以上に悪質なのは、飲酒運転をして、人を傷つけたり死に至らしめたりすることである。

酒が原因で入院している人は非常に多いと思う。これを機会にもう一度経緯を調べて徹底追及すべきと思う。タバコは身体を不健康にする元だと化学研究学者、医療学者、国会議員等で充分検討して、数量を減らし値段を上げることに利用者も理解を示し、やや飲酒する者が減っているものと思われる。このような方法で、酒も質の検査と数量の減を見直すべきだと私は思う。

私は作詞家としてJASRACに入会しているため常に心掛けているのであるが、酒についての歌詞の理解は難しい。酒の歌は多いのは確かであるが、なぜか寂しく哀愁が漂う詩曲が多く、いいなと感じることがある。『酒は涙か溜息か』等は感銘を受けるが、明るく楽しみを得るような曲はヒット性に乏しい。

酒の飲めない人は、酒の愛好者の仲間に入れず、酒のほろ酔い気分が味わえないのは本当に損をすると言うか、惨めで情けなく思う。しかし、アレルギーのため酒が飲めない私は、飲めばジンマシンの地獄が待っている。

人生の「喜」「怒」「哀」「楽」

日本の国は平和で、四島を中心に多くの島で支えられ、自然の四季がある。春にはいろんな花が咲ききれいに魅せ、またそれによる果実も採れて楽しみがある。夏には太陽が燃えさかり、海や山に自然を求め、のどの渇きをほぐす果実や花、夜には川、海などで打ち上げる花火も記憶に残る。秋には山の紅葉に風情があり、冬には雪が降り、寒さに強い花が咲き揃い、誠にきれいである。雪が積もればスキーヤーの集団が集まり、滑る姿は最高のものと思われる。北海道などは雪の質が良いので世界から人が集まると聞かされている。

他方、悪いというか気掛かりな難題は、地震、火山の噴火、台風等の自然災害がいつ、どこで起こるのかわからないことである。外国ではガソリン、天然ガスが経済を潤しているが、日本では温泉（高温の所もある）が噴き出している所が多々ある。身体の疲れなど調子のすぐれないときに入浴すれば、また格別な治療にもなる。長い病の湯治に必要である。

以上の如く、日本には多くの憩いの場所があり、裕福な人たちは自由にどこにでも旅行に行ける。行けば名物地酒や山、川、海に地方の食を楽しめ、しびれるような気持ちに浸り幸福《しあわせ》を感じる。これこそが喜怒哀楽の「喜」に当たると思う。

ある日突然、定期預金が満期になったり、何かの収入源から現金を手に入れたりしたら、賢明に生きているあなたでさえ幸福になる。現金は遊びと夢に希望を持たせる。

下手な考えを持てば誘惑に負けて詐欺に遭ったり、賭場に目が引かれたり、身近にあるパチンコ屋に入れば千円くらいの金はすぐに負けてしまう。昔のパチンコ屋の機械には夢があった。なぜか長持ちさせ遊ばせてくれた。今は電動によるもので、タマが即《そく》適当に出ていって終わる。金のレートが違う。

競輪・競馬・競艇のレース場に入るとき、金と夢があり、顔色も良くいきいきし、他人も友達同士のようにレースについて意見と倍率新聞を見詰め、判断の末、車券を求め、そのレースが終わるまでが楽しいひとときである。負ければ後々顔色が悪く、息詰まる風情が目に見える。しかしながら、最終レースに残る金を投資し、そのレースに勝った人の顔は喜びに満ち、負けた人は血の気がなく何か無情を思い、過ぎたレースの後悔がふくらむ。最終レースが終われば次はないのであるから配当金はそのまま持って帰れる。地獄と極楽である。

金がなくなれば、家族の者に当たり散らし、いらぬ問題が出てきて、馬鹿な見本のような「怒《いかり》」の世界だと思う。

自分の言っていることが通じず、やたら人に難題を押しつけ、言い掛かりをつけて、自分が正しいと勘違いをしている様は格好が良いものではない。だんだんと（酒の力を借りて）闇の世界に入ってゆく。今度は悪いことを正しいかのように錯覚し始める。人の物を盗る、騙す、強盗、最後には殺人にまで発展する。

それより一度、私が体験したことを考えてみてはどうでしょう。

夏の暑い盛りに、数名の人と一緒にバケツに飲み水と氷を入れて、下水道の本管入れ、長さ百メートル、深さ六十センチ、横幅五十センチの掘り方（今日ではユンボがあり有能である）をやれば、その後に飲む氷水のうまさ、冷たさが身に染みる。達成感が味わえ、それに日当が入る。汗をかいて仕事をし、お金の有難みが骨身に伝わる。あなたの思う理念に通じる。あなたの方法があるなら、一度、真剣に実行していただきたい。

悪いことをすれば、それ相応の法律の刑罰が科せられる。前科があれば一生もち続けねばならない。こんな詰まらぬことはない。これが悲しみであり「哀《あい》」に属する。

皆、家族が円満で仲良く、何事にも恵まれ裕福な人生を満足な生き方にしたいものです。

この世は、輪廻転生によって待ちに待ったパラダイス栄光の大地である（何年、何百年待っただろう!!）。蝉も次元の違う所で修行を続け、露で凌《しの》ぎ七年間木の根っ子で木の栄養や太陽の熱と雨、与えられた宿命と共に大地の恩恵を受け、晴れて大地に顔を出し、森の木蔭などで仲間と共に生活するようである。早夏に世に出て真夏を過ぎれば、生命の終盤（宿命が顔を出す）になって約三ヶ月（長くて）交配を済ませ、次の子孫に命を託し最後の華になる。

人間は環境や医薬の開発により、長く生きられるようになった。この世に生まれて生きる悦びと、世間にあるものすべてを体験できたら最高のものである。

生きるためには衣食住が必要である。それらを得るためには、各人の運、不運があるだろうが、率直に言って、努力と金と持論が必要である。

人間として生まれるために何年待ったであろう。人に迷惑をかけずに、ありとあらゆるものを体験、取得したいものである。人生の六歳くらいまでの尊い生命の早死には誠に気の毒である。また、人生の喜怒哀楽を体験しつつも、報われず自殺に追い込まれた人も、その人の宿命かもわかりません。その人に関わる人たちもまた影響を受けて地獄に至ったかもしれません。

「地獄と極楽」はこの世にある

我々は、いつも何かにこだわったり、とらわれた心の不安な状態が入り乱れている。それに縛られて人間が本来持っているまろやかな、柔らかい心の自由を失っている状態である。その心を正常に回復させるものが般若心経である。

またそれは仏教を説き開いた、お釈迦様の「生《せい》」への教えと根本となる、物の本質を凝縮されている。

お釈迦様は、二十九歳のとき、妻子と別れ、出家され、断食と坐禅《ざぜん》の修行に六年間励んだ。そこで「空《くう》」を学び、般若心経を完成させた。

人間として「人」としての、生きる「みち」を事細やかに仏智（仏様の智恵）の教えを得てできた、大般若波羅蜜多心経六〇〇巻を二〇二文字に縮少した般若心経を修得されたものである。

お釈迦様は、仏教では生あるもの総ての衆生はその行為の善悪によって、生死を繰り返す六つの世界（六道《ろくどう》＝地獄、餓鬼、畜生、修羅、人、天）に生まれ変わるとされる。

仏教で厳守すべき五戒《ごかい》（不殺生《ふせっしょう》、不偸盗《ふちゅうとう》、不邪淫、不妄語、不飲酒）や、五逆（父母、聖者を殺す、仏を傷つける、教団を分裂させる）という罪を犯した者は地獄に落ちると書かれている。

これ以上、死後については述べられていない。

この世に生まれ、過去世（前生）で不幸、不運に生まれたとしても、この世で新たな宿命を変化させ、自分の信念と努力、知性を生かし、未来を見つめ成功に導くセオリーと人材、金に恵まれた人は、変身によって極楽に入る。死後また、いつ、どこで再生するかわからないが、生まれ変われた人は栄光をつかむだろう。

私案でありますが「地獄と極楽」はこの世にある。

今からでも遅くない、過去を振り返り正しく是正《ぜせい》すれば、幸福《しあわせ》は近付いてくる。

❀戦争がもたらすものは地獄絵図

昔から戦争によって数え切れない尊い人命が失われてきただろう。それは、領土、宗教、私利私欲に基づく問題等数々あるが、戦争による解決策は見出せず、大国による判断に委《ゆだ》ねられている。

今では米国、中国、ロシアの三国（民主主義対共産主義の主張）で国連、ＷＨＯでも問題が議題にあがれば賛否で協議されるが、いずれにしても答えは出ない。国連は何の意味もない団体となっている。運営については、加盟国の参加費用はその国の相応な金額らしい。大小国を問わず一国一票で採決される。不合理である。

日本も、日本統一の天下取りに始まり、勝った人に領地の所有権が変わり、最後には太平洋戦争、第二次世界大戦に発展。後半において、陸軍の多数の若手将校の暴発により（天皇までも、ゆさぶり）、軍国主張、大日本帝国を制定。原子爆弾を広島、長崎に投下され終戦。日本国全域が「ガラクタ」の山に化し、アメリカ国による日本国特有の民主主義が実施され今日に至っている。一からの生活で苦難、困難ばかりで本当に忘れられない体験を強いられた。結局は戦前の国政が失敗を招き、軍国主義は終了した。

以後にも戦争は終わらず、最近ではウクライナ−ロシア戦、イスラエル−パレスチナ（原因《もと》を正せば宗教、領土問題）が名誉のためか、大々的に新しい兵器をうみ出し、数限りなく戦争を繰り返している。美しい都、大きなビルが破壊され、数え切れないほどの人間が戦死し、誠に悲しい地獄の絵図である。最後には負けた国が悪者になる。

般若心経とは生き方の教訓である

般若心経についていろいろな人の本を読み、知識人にも不可解なところを聞き、解釈は半分くらいで、不安を抱きながらも大まかに理解し、教えられた感がありました。端的に言って、人生の生き方の教訓として書かれたものだと思います。

（字引きによると）

■天国とは　キリスト教で神、天使がいて、信者の死後の霊を迎えるという想像上の理想的な世界。

■極楽とは　阿弥陀仏の居所である浄土で死んで極楽往生に生まれること。非常に安楽な状態、場所。

■地獄とは　六道の一つ。罪をおかした者が死後に行って罪を受けるところ。

私の貴重な実例として述べるのだが、私の親友のいとこが優雅な億ションに家族と共に生活している現況の元、彼には宿命である死が待っていた。死の四、五日前に彼から連絡があり、「俺の死に際しては、葬儀は葬儀場で会催するが、正面に俺の写真を一枚置き、戒名《かいみょう》、御坊さん、ほか何もなし（先祖は日蓮宗らしいが無視）。もちろんお経もなしで、ただ手を合わせるのみで終了。そしてお骨《こつ》は山に撒《ま》いてくれ」と言われ、実行したのである。本人（死者）はそれで良いのであるが、嫁や子供、ほか家族たちの未来はどうすれば良いのか考えさせられるところである。

いつの日か、誰もが、天命を全うする時が来る。老後に痴呆症に悩まされる人が多いようで、それは死に対する恐怖から逃れさせる天の神様の加護によるものという人もいるが、人生を笑って死を迎えたいものだ。

また、死期が迫ったときに、その場にいないはずの友人や家族を目撃する。出現するのは生きている人より死者のほうが多い。亡くなった身内以外に、キリストや仏などの姿を見ることもある。「お迎え」は単なる幻覚ではなく、死への恐怖を和らげる作用がある、という人もいる。

お釈迦様は「仏教の教え」を般若心経で結実された。その教えの中に、あらゆるものを超え偉大な生命の根源である「空」なる所、つまり人間もまた、生存する所において此岸《しがん》（この世）から彼岸《ひがん》（あの世）へ般若心経の般若波羅蜜多（真実の知恵＝仏智）により、観音様から真実の質問を仏様に交信。その部分の確証の答えをいただくということになる。亡くなった人は此岸から彼岸に行くのであるが（分霊が如来の基に帰る）、時が来れば、また新たな人間の精神（分心霊）として、宿命と運命をもって生きるのである。肉体は焼かれ消滅するも、分霊（精神）は一大如来に帰《き》する。

遺骨は先祖から続くお墓に納骨されるのが基本である。他府県に移住された場合は分家となるので、本家から分骨してもらい、新しい墓地に石碑埋葬される。

しかしながら、最近では世の中も変わり、墓じまいする人が多くなっているようである。

世界と日本、いろいろな死後の世界

ヒンドゥー教徒の間では、輪廻転生は八十四万回続く苦しみとされているが、ガンジス川に死後、遺灰を流すことでこの輪廻から解脱できるとされている。また、ガンジス川の水で沐浴すると、罪から免れたり、万病が治ったりすると信じられている。

先祖の骸骨《がいこつ》の仮面をかぶって踊る「死者の日」。例年十一月一日、二日に行われる死者の日には、生まれ変わりの象徴である先祖の骸骨に扮して、家族や友人たちで集う。南アメリカの先住民文化には、古代から輪廻転生への信仰があり、メキシコを始めとする中南米で輪廻転生が強く信じられている。

チベット自治区では、後継者は家系に準ずることなく生まれ変わりを探す。ダライ・ラマは世襲制でもなければ選挙で選ばれたわけでもない。先代の没後、高僧の予言に基づいて次の生まれ変わりを探す「輪廻転生制度」である。新しく認定されたダライ・ラマは先代が遺《のこ》したすべての地位や財産を引き継ぐことができる。

東洋、日本の場合。

死後すぐに別の世界に行けるわけではない。他界に到着するにはさまざまなルートがあるようだ。暗い道を歩き、厳しい山を越え、三途の川を渡り、閻魔大王と会い、行く先も決まる。

死後の世界という考え方が日本社会に広まったのは源信の『往生要集（九八五年）』がきっかけである。平安時代の貴族たちは現世の幸福な暮らしが死後にも続くように願って、この本を熟読した。その後、災害や飢饉が立て続けに起こったとき、せめて生きたいと、庶民たちが『往生要集』の思想に感化され、多くの人が極楽往生を願うようになった。

死の直後に歩む「冥途」の道程《みちのり》

あなたが死んで四十九日後に辿り着く場所「三途の川」

（1）衣類を剥《は》ぎ取る奪衣婆《だつえば》。

死者の着物を脱がす老婆。赤鬼は夫の懸衣翁《けんえおう》で脱がした衣を樹《き》にかけるように命じている。

（2）罪の重さを量る衣領樹《えりょうじゅ》。

枝のしなり具合から罪の軽重がわかる。現世での罪が重い人の場合、木の枝は大きくたわみ、軽い罪ではたわまない。

（3）善人は地蔵尊に導かれる。

徳を積んだ善人や親より早く亡くなった子供は地蔵尊に導かれ、安全に橋を渡ることができる。

（4）毒龍が罪人を飲み込む。

罪人は毒龍がいる川の急流に投げ込まれる。龍から逃れながら必死に対岸まで泳がねばならない。

天国行きか、それとも地獄行きか、恐怖の審判（閻魔庁）

（1）閻魔大王に舌を抜かれる。
閻魔大王の右隣にいる二人の役人が、それぞれ生前の善行と悪行を書き留め閻魔大王に報告する。嘘をついたらすぐにバレて舌を抜かれる。

（2）罪の軽重を定める業秤《ごうはかり》。
裸にして天秤に掛けられる。業の標準分量が積まれた銅より軽いと善行が少ないとされ、鬼に火を噴かれ炙られる。

（3）罪業を映し出す浄玻璃鏡《じょうはりきょう》。
亡者の生前がすべて映し出される鏡。自分の人生のみならず他人にどんな影響を及ぼしたかまで映され裁かれる。

今更ながら反論しても仕方がないが、亡くなった人があの世（彼岸《ひがん》）に往《い》って、そこからまた、この世（此岸《しがん》）に復帰した当人が誰もいないので実証がないため、これは人間の想像にしか過ぎない。今、生きる人の道徳の教えと思う。

東洋と西洋の死生観の大きな違いは「埋葬の仕方」に表れている。

東洋を含む多くの文化圏では、魂が抜けたら肉体は抜け殻になると考えられていた。故に魂が抜けた肉体を焼いても問題がないとされた。

一方、キリスト教では、死んだ後の肉体は大事な「魂の容れ物」としてまた再利用するため土葬をした。いつか訪れる「最後の審判の日」に、肉体が地中から復活すると考えられているからだ。

西洋では、人が死に、天国と地獄に振り分けられる前に、霊魂となって煉獄《れんごく》に移動すると考えられている。

今、このときも煉獄では、霊魂が苦しみを受けながら浄化され、キリストが再臨する最後の「審判の日」を待っている。

■天国に行く人

門の鍵を持ったペトロが人々を迎え入れ、天使たちが順番に並ぶ裸の人々に服を着せる、門の先はキリストが住む天国でマリアやヨハネなどが待ち受ける。

■地獄に行く人

悪魔に弄ばれ続ける牢獄へ。罪深き者が業火によって永遠にその身を焦がされる「断罪の地」が描かれている地獄へ落とされる罪人は、悪魔たちによって業火に放り込まれてしまう。

亡くなった人たちの心霊は如来の元に帰するのであるが、最近になって疑問に思うことがある。

五、六年前に、ある晴れた午後の二時頃で、宇宙船のような物体が肉眼で見える高さの位置で京都上空から北へ向かってふわりふわりとゆっくり飛行する様が、テレビで放映されたことが印象に残っている。

また全世界では航空科学の進化により防衛のためのＧＰＳ等他機器が開発され、北朝鮮のＩＣＢＭ（大陸間断動兵機）が日本海に向けて発射されるのを、レーザー網で解明できる今日ではあるが、日本の自衛隊も飛んでいる飛行物体を探求せずどこかへ消えてしまった。その後、他国においても同様な物体が確認されていると報じられており、それはＵＦＯかもしれないが、私はその物体の中には如来様と帰《き》した分心霊が世界中（生きて生活してきた国や町や家）を観察して回って勉強されているのではないかと（いつどこへ出張を命ぜられるかわからないので）思う。

誰が運転しているのでしょうか、興味が湧きますね。

私がちょうど四十歳くらいのとき、事業の営業で取引先との会合に出席した。当然のことながら二次会に同行し、帰宅したのは午前二時頃。二階の仏間は電気が光々と点《つ》けられ、仏壇の先祖に、何もわからぬまま南無阿弥陀仏を十回お教《きょう》をくり返し、当夜は電気を消して終わったのである。

翌朝から、朝の仕事の段取りを済ませ、「浄土宗のおしえ」を見ながらボチボチ読み始めた。命日には御坊様が来られ、本を開けて、手を合わせて一緒に声を出さずお参りをしていたが、いつの間にかお経を覚え、朝には神様と仏様に約一時間程度参り、夜にはお礼を述べる程度で、それが習慣となり、約五十年近く過ごしてきた。

当初は、花と線香は並のものを使用していたが、線香を白檀《びゃくだん》、沈香《じんこう》に替えてみると、線香の煙がなぜか仏壇の奥のほうにある位牌に吸い込まれていくのを実感した。お墓でも同様に、きれいな季節に合った色花と線香の良い香りが先祖は好きなのだなと思った。

宝山寺の〝生駒さん〟へお寺参り

私が大学を中途退学した二十一歳の時に、四輪運転免許を取得。ダットサントラックを買い、仕事に従事し、約十年後に乗用車を買ったのである。以後、母親が信心していた奈良の三輪明神へ毎月一日《ついたち》にお参りに行くのが習慣となり、我々子供連れの五名で向かうようになった。長年一緒に行ったが、私にはなんのご利益もなく淡々と過ごしていた。ある日、私の知人である霊能者に言わせると、私の長男が神社に行く必要があり（母親が私の長男を修行者が身を清めるための滝に入れたことで、長男に災難がふりかかっており、それを取り除くため）、行かされていたのである。

四十五歳頃に私の知人の紹介で佐藤電療院の院長さんによる身体の治療中に生駒さんの話が出て内容に興味が湧き、早速ながら車で出掛けたのである。そこは宝山寺というお寺であった。説明書によると、

「生駒」の聖《しょう》天様と尊崇《そんすう》せられている大聖歓喜天尊は徳川中期の延宝年間に当山の御開祖湛海《たんかい》和尚《わじょう》の観請し給《たま》える霊天でありました。聖天尊の中を「生駒さん」と呼び、尊い聖天様と湛海和尚は学徳勝《すぐ》れ、行徳非凡《ひぼん》なる名僧であり、特に聖天

行者とは摂津《せっつ》の以空上人《いくうじょうじん》と共に、並ぶ者なき霊験の数々を顕《あらわ》しになり、世の人々から「生駒の生き仏」とさえ尊ばれその徳化が朝廷まで達し、東山天皇の勅命を蒙り皇子御降誕《おんこうたん》の御祈念を奉修しては中御門《なかみと》帝御誕生遊ばされ御病篤《あつ》しと聞いては、八千代の護摩供《ごまく》を修するなど、皇宝の御帰依、ことのほか厚く、当寺が永く勅願寺としての、特遇を蒙ってきましたのは、まったく御開祖の御徳でございます。和尚は歓喜天尊のような霊天をお奉祀《まつり》する場所は、どうしても天尊は相応《ふさわ》しい霊地で、なければならないとずいぶん難行の末、かつて、役行者、弘法大師修行の地であった、当山を探し求められたものであり、筆紙に尽くせないと蕉記に詳しく誌されてある。「霊天は霊地に奉祀しなければならない」とご開祖の堅い信念が実現したのである。

大聖歓喜天は天地和合陰陽二道の根源であり、実に諸仏諸菩薩の母であらせます。即ち男天は大日如来が吾々の衆生の苦を抜き楽を与えるために、最後方便の御姿を現し給うた大自在天（象頭）であり、女天は十一面観世音菩薩でありまして、この二尊が御一体となられて大自在力と大慈悲《じひ》心と大福徳力とを備えらせ給うみ仏でありますから大聖歓喜双身天王と言われるのである。

聖天様は十一面観世音菩薩が大慈悲の心から、私の現世における凡《あら》ゆる希望と願求を速かに成就せしめんがために大自在天と共に化現なされた「天部のみ仏」である。


尚、もう一つ御尊像を以てお教えくだされることは、天尊は男女二天とも象頭であらせられる、之は何を御教示されるのだろうか。

象は現存の動物の中で最も長寿であり強力であると共に、平素は非常に柔順であるが、一度怒るときは百獣の王をも慄《ふる》え上がらしめると申します。象の長寿であることは、無病長寿《ちょうじゅ》を与え給う御誓願を表すると共に、信仰はその長鼻の如く永続しなければならぬとの教えであります。

尚、インドのヒンドゥー教の神はガネーシャ（象）である。

関西の近畿鉄道が大阪ナンバ駅を取得したため、神戸、大阪、奈良、名古屋まで運営されている一番長い路線を有している。

近鉄奈良線の奈良寄りに、生駒山がある。生駒駅を下車すると、横に山頂に登るケーブルがあり、中腹に宝山寺駅がある。下車すると、大鳥居までは距離はあまりないが、坂道は石段であり急勾配。それを過ぎれば、石段が多いが中途に七福神や空海像があり、過ぎれば、大きな中庭があり、社務所、不動尊、男天（象頭）大日如来が祀《まつ》られている。小々石段を登れば女天は十一面観世音菩薩が祀られている。そこから奥之院山頂に行く道中は、二メートルくらいの道幅の坂道に沿って地蔵様が立ち並んでおり、中腹に空海のお堂がある。奥の院には不動尊堂弁財天、その山頂にある円形のようなお堂に大黒天が祀られ、高さ一・二メートルくらいの真っ黒な像が歯をむき出しにして鬼のような形相で睨んでいる姿は印象に残る。

この場所から下界を見れば、大和平野が一望でき、右を向けば大阪の一部平野が一望に見えて気が和らぐ一面もある。過去に日本の経済不況のときには近鉄も経済、金融面で苦境に立たされたが、生駒駅から宝山寺までのケーブルを施工することによってうまく時勢を乗り切れたと言われ、以後において山頂まで開発されたと言われている。

昔は生駒駅の下の道路（山頂に通じる道）から宝山寺に参りに行くには石段を利用していた。その両側には色町が発展して、ケーブルが誕生したため、いっそう振手に繁盛していたようで、映画「寅さん」にも登場したくらいである。色町赤線（遊郭）が追放されたため、今ではさびれた石階段が残り、昔の名残の情緒がうかがえる。

大師空海は四国八十八ヶ所寺、西国三十三ヶ所寺、ほか関西の山々や他に訪問された所に、お参りに行かれた数は数え切れないほど、真言宗が圧倒的に多い。故、私の母親が毎月一回、河内長野市にある瀧谷不動尊に参拝していた。大阪、日本橋で生活していたときに、瀧谷で「おみくじ」を引いた数値が二十八と出たため、その日は瀧谷不動から横五センチ縦五センチくらいの真ん中に不動尊右下に矜迦羅童子《こんからどうじ》、せいたか童子《どうじ》（三体が一緒）の石像がもらえ、一緒に神棚に祀られていた。

昭和三十六年に京都の宇治にご縁があり六百坪の土地を買収した。その土地には地神様がおられると霊能者の言われるまま、地蔵様、不動尊を建立。道路の面した所、家の中央部分の通路幅五メートル左端に、四方一メートル（高さ一メートル）のコンクリート台を設置し、一メートルくらいの木造のお堂をつくり、その中に地蔵尊（座像）と不動明王（立像）の二体を安置し入魂した。毎朝家内が炊事世話をしており、毎月の月参りは霊能者にお願いしていたが、今日《こんにち》では私が月参している。

道路面には店舗三店と（株）ダイリン事務所、二、三階は自宅としており、奥には二、三階建て四棟のアパートがある。右の空地は車庫《ガレージ》にして、人の出入りも多く、五十五年も過ぎ、お陰を以て今日に至っている。

約二十年前（昭和三十年頃）に知人の紹介により、エンジェルプラン、北野耕嗣氏を知り、諸々に起こる問題のアドバイスを賜わっていた。

あるとき、私の事務所の三階のベランダからアパートに向かって西向きに（東京書芸の広告で見た、高さ五十センチくらいの特殊なセメントコンクリート製）ガネーシヤ（インド、ヒンドゥー教の象の座像）を置くように言われ実行したのである。それはアパートの屋上が陸《りく》屋根コンクリート造りのため、洩水があり、何回も塗装をやり直したが駄目なので、その上に鉄板で船のようなものを作らせてうまく過ごしてきたのだが、台風十九、二十一号により二棟の鉄板が舞い上がり、一つは隣の駐車場に落ち、もう一つは隣の河川に飛び込んだのである。駐車場は車が出払っており、幸い川には水量が少なかったため、鉄板を解体、誰一人被害者もおらず、今も不思議に思いガネーシヤのお陰と安堵している。

初めは生駒には電車で行っていたが、車のほうが便利で、生駒山頂に登る有料道路の中程に宝山寺行きがあり、途中に大きな駐車場があり大鳥居に接しているため、利用しているが、もう一年くらいで（年なので）やめるように家内に言われている。

人間の寿命は人によって限られるが、この世は山あり谷ありの難問、課題が振りかかってくる。その時点でうまく対処できれば、一歩極楽に向かうが、失敗に至ればもう一度考えて、やり直さねばならん。今まで以上の努力と信用と幸運が必要となる。世界をかけ巡る、文化、科学他いろんな分野に幸福《しあわせ》を導く材料が浮かんでいる。時期と体調をみて挑戦する機会は必ずどこかにある。焦ることはない。自分の得意とするものが出るまで待てば良い。

私は不思議に感じることであるが、それは土地である。土地は地層といわれるものがあって、ご祈祷、その他良い方法を用いても、良い土地は良いが、悪い土地は悪いとはっきりしている。良い土地は放っておいても何らかの形で生きてゆく。また、悪い土地の上に家屋を建てれば、いつの日か貧する現象が見えるだろう。君子危うきに近寄らずである。家層は位置を変えるだけで良くも悪くもなるが、地層はどうしても変わらない。

古来より山や海には神様がおられるようであるが、お寺にも仏様を祭り霊がおられる。神仏を信仰する人やお世話している人は、霊が見えたり聞こえたりすることによって問答ができるようだが、修行は大変で、忍耐が必要である。お寺や山を流れる神水、お瀧を長年うけて突然、神仏が降りてこられるようだ。そんな霊能者に、紹介者を通じて諸々の問題について聞いてもらいアドバイスを受けるのであるが、問題を決意するのは自分自身である。やって裏目に出ても、その問題については自身が責任を持たねばならない。

霊能者も楽そうに見えるが修行が大変らしく、神様から、明日、明後日までにどこどこの神社に参拝せよとお知らせが聞こえ、行かなかったら見えたり聞いたりの神霊の答えが叶わなくなるようだ。

私の家内などは、今まで毎晩夢を見て、この問題はこうしたほうが良いとか悪いとか、時には当たることがあるので一応参考にしているが、夢もその人によって勘頼りになるかもしれない。私は夢を見たことが無《む》であります。

海にはそれなりの仕来《しきた》りや、お祭りを設けて安全祈願をお願いする儀式があり、また、お寺にも亡くなった人の遺骨を慰霊塔やお墓に埋設される儀式がある。

各宗教の創設者は学問や摂理の研究を改版され、偉大なる宗教創設功労者が亡くなった後に、朝、昼、夜の食物をご仏前に、今の世にも若い僧侶が運んでいるのをテレビで見たことがある。死んでもまだ心霊はそこで生きているのだろう。

❀犯罪＝悪の道、地獄の一丁目に要注意

時代の流れと言うのでしょうか。最近では、ＩＴやＡＩと言う技術の発展により、犯罪は無駄のない仕事の進展に繋《つな》がっているようだ。富裕層の年寄りで金持ちの家をターゲットにした者から、金庫はどこにあるのかなどその家の内状を図面上に記す者、レンタカーを借りる者、二～三人で家に突入する者、盗った主たる金、宝石、高値なものを外で待っている人に渡しレンタカーで逃走する者、ほか実行犯、主たる人物のその下に連絡班がいる。運悪く犯罪が曝露《ばくろ》され逮捕されれば、その結果取得した金品は主犯に入るが、他の者は、レンタカー等は自分の名で借りたものの、金は個人に収得できず犯罪歴だけが残る。殺人があれば殺人罪ほかいろいろな罪が付いてきて大犯罪者になる訳である。

スマホやSNSを悪用して楽に金もうけが出来る世になった。だが、楽な仕事はないと認識すべきである。これ以後が地獄に入っていくのである。

いつの世も景気の良いときには、こうした犯罪はあまりなかったように思う。若い人の考慮の浅さは我々と違った思考にあると思う。端的に早く金儲けのできる仕事を要望している。それは悪の道しかないのである。

先ほどと似ている話で、四、五人で目星を付けたある宝石店にハンマーや・バールを持って入り口を破り乱入、ショーウインドーのガラスを破り、売れ筋になっている多種の高級時計や宝石品、金品を袋に詰めて持ち逃げした。自動車で逃走するも、警察にかかれば屋外の据《すえ》付けの防犯カメラや一般の人々の通報により、より早く逮捕されることが多いが、未遂の事件が多いかもしれない。犯罪事件があまりにも浅はかなような感がする。

日本のIT、半導体の技術は東芝が世界の最高峰まで登りつめていたのに、以後は、これまでと研究も覚《さ》め放っていたのか大幅に遅れているらしい。我々も半導体について関心がなく、ロシア・ウクライナ戦争によって戦車に取り付けられていた部品（半導体）や各種の電気、機械に必要なものは半導体であることが今になってわかったことは認識不足である。戦争の相手国からの戦利品の中に冷凍庫の半導体があり、それを取って逃げたと言う。

本当に世の中いろいろある。それ以上に高度なＩＴによって犯罪が堂々と成されている。犯人像もわからず、ある国から突然、Ａ病院にテロ集団のハッカーが通告を受け、その技術に日本国がどうにもならないようで、相手の言うままに金を支払って終わる姿は、本当に情けなく。関連企業頑張れと言いたい。

日本の政治・経済の不透明な現況、コロナ禍による混乱、金利の付かない中小零細企業への貸付金の回収、石油の高騰によるトリガー条項の問題、米国の金利の値上げによる日本の低金利政策にうまく二者の選択が併合されているのが、我々にはわからず専門家に任すしかないが、悪いほうに偏れば大変なことになる。

全世界の二十～四十代の若者の就職率が低下しているとニュースで聞いたが、世界経済が落ち込んでいるのか、犯罪が本当に多い。最近の老人が頼りないのか、政治家にも不安があるのだろう。参政権を十八歳に下げ、大人として扱われるようになった。寝ている子を起こしたようにも思える。

真面目に社会、人生に向かって勉強に励む人は多いかもしれないが、反面、間違って横道を歩む者も多くいるのではなかろうか。例えば、大人になったので今までのウップンを酒で晴らそうとし、心地良さから深酒になり、大声をはり上げて自分の思いを話し、聞いてもらえなくば酔った身体でフラフラしながらまとわりつく。それに同調する者が多数いれば暴力沙汰になり、物を壊し、人に傷でも負わせれば犯罪になり、前科が付けば将来の人間生活に大問題になりかねない。地獄の一丁目に入らないように願うばかりである。

殺人以外の犯罪、今までに起こった事件、例えば詐取《さしゅ》。恐喝窃盗等同種の犯罪ならば、長くても刑期は十年くらい以下であると思うが、入刑期中に詐欺師たちは、次の犯罪のますます手の込んだ難題を考え出して犯行を実行する、と言うことを耳にしたように思う。ねずみ講などは基本の一例であり、一つの商品をうまく人に売れば倍々ゲームに発展、金額は多額になり数億円にもなるという。

それに似た事件が近年にもあり、（原点は変わらず）同じ手法が使われているようである。

過去《むかし》、初老六十歳くらいの女性が犯罪者として新聞や雑誌にも掲載されたが、七十歳くらいのひとり住まいの男の老人に結婚話で近寄り、うまく自分の存在を隠し消して、毒薬で殺害した。三～四人の男性が次々と殺されたようである。しかしながら、男性たちにはあまり現金がなく、女性は家の土地建物の権利書を持ってウロウロするばかり。猫に小判である。それで、そこには殺人罪が待っていた。

最近のかわいい、おとなしい良い子が、家の事情か家庭の因果関係によって耐えられず家出をし、知人や友人と共に生活をするようになり、いつの日か金に困って自身の身体を売って、中には中年の独身の男には甘い言葉で「結婚してもいいよ」とうまく話せば、中年の男もその気になって嬉しさのあまり、こつこつ貯めた金を何回かに分けて渡し、二、三千万円を詐取された男性がいる。そんな手口が横行する中で、二人の男から二億円ほど稼いでその金を自分の好みのホストの男に貢《こ》ぐ女子が多いと言う。女の子も図太く変わってきた。

最近の新聞等を賑わしている真面目な女子は、日々節約して貯めた一千万円を夜の街で知り合ったホストの色男に貢ぎ、その男を命と思い込み援助していた。だが、気に入ったホストを店のＮＯ・１《ナンバーワン》にしたいと言う同種（他の女人）の多さに嫉妬して、あまりの腹立たしさに車道近くで「お前にいくら金をつぎ込んだと思っとるんや！このバカヤロー！」と、ホストの身体に刃物で傷を負わせて逮捕された。我々には考えられない行為であるが、自分の気に入ったホストをＮＯ・１にしたかったというのが趣旨で、若者と中年の金持ちの中で競う、新しい楽しみかもしれない。

また反面、ホストといえども成績が不振であれば、オーナーから足らない分の金を請求され、支払いがなされなければ、恐いオジサンが集金に来るらしい。後のことはわからないがオーナーは丸儲けである。

私も四十年前に友人に誘われて一度、大阪ミナミのオカマ・クラブに行ったことがある。店内には（あまり大きな店ではなかった）初老ぐらいの女性客が四人ほどおられたようだが、静かに飲んでホストと話をしていたようだった。

今後は新たな斬新な事件が多発するように思う。新種の男女間の不倫関係、人身売買による殺人事件がますます多発すると思う。警察も大変だと思う。

人生の荒波を乗り切って優雅に生きて亡くなっても、死後、特別に政治家の先生、公共の団体、大、中会社の社長、社会に貢献した人たちに贈られる特別に催される〝しのびの会〟に選ばれた方々は、本当に真意をもって事に当たり、頑張り、実績を残された功労者として人生を生きた人だと、誇りに思います。また、天皇陛下より年間の功労者に勲章が贈られるが、その中の一人に映画俳優の高倉健氏が選ばれ表彰された。スピーチの中で、やくざ映画ばかりの役者が「このようなものをいただいて、いいのでしょうか」と言う表現に大きな拍手と感激を覚えました。

❀地球が悲鳴を上げている

海面上昇が急加速している地球である。二〇一〇～二〇二〇年は記録史上「最も暑い十年」で、北南極氷床などの融解が加速し、過去に例のないペースで海面上昇が進んでいると世界気象機関が発表した。人間活動による温室効果ガスの排出が原因であることが明らかかと指摘される。

この十年間の世界の平均気温は産業革命前の水準より一・一度高く、これまでの十年間より暑かった。特に北極の気温上昇が著しく、平年（一九八一～二〇一〇年の平均）より二度以上高かった。世界の海の平均水位は年四、五ミリのペースで上昇、その前の十年間（年二・九ミリ）を大きく上回り、グリーンランドの氷床の融解などが原因らしい。グリーンランドと南極は水を氷の状態で蓄えている地上最大の「淡水貯蔵庫」だが、二〇一一～二〇二〇年の氷の減少量は前の十年間の約一・四倍と融解が加速している。氷河の融解も進み、長期観測している各地の四十二の氷河は平均で約一メートル薄くなった。インドネシア・パファ州にある氷河は今後十年以内、アフリカ大陸最高峰のキリマンジャロの氷河も二〇四〇年までに消滅すると予測されている。地球上の温暖化の削減をWHO（世界保健機関）が提示、全世界の国が賛同し二〇三〇年に自動車の水素化、電化に石油石炭の使用を禁止し大気中に炭酸ガスの排出の零《ゼロ》化を実践するように苦慮しているようである。そうした中、空気の乾燥にタバコの火の不始末や漏電、他、森林・山林による火災になり、多くの人たちの死亡、他の動物や家屋や貴重な物品を消滅させている。オーストラリア、アメリカのカリフォルニア、カナダ等の大国による大火災で路頭に迷う人が多数出て、世界的な損失であり、世界が掲げるCO_2（炭酸ガス）の削減の目標に反する地獄図である。

地球上において突然起こり恐怖を与え続けるものは地震と噴火だろう。二〇二三年フィリピンの地震７・５Ｍと、インドネシアの最大の噴火だろう。日本にもフィリピン海プレートが入っているため、東南海、南海に連動しているようで心配するところであります。

日本は最大の地震国であり実績も大変なものである。阪神・淡路大震災M7・3、東北3・11東日本大震災M9・0。東日本大震災では、巨大津波により福島原発の原子炉が崩壊し、日本のみならず世界を震撼させた。また、大きな運搬船が家が建っていた所に立っている様子は感慨深く、地震津波の恐怖を感じました。七十年前にも同等の地震があったようで、また後年七十年もあるかもしれない。

その後の九州・熊本地震は夜にM6・5、未明にM7・3、熊本城も足一本で支えていたのを新聞の写真で見たが、きびしいものである。今は伊豆半島近辺、八丈島にも及ぶ所で地震帯が関東、富士山の方向に（一度、富士山が噴火して三年間ほど日が照らずいろいろな問題を経験しているため）向かっているようで、地震学者も神経を尖らせているようだ。小笠原諸島の西之島沖合では、海底から噴火しており、新島が形成されているようです。今は富士山はまだ安心の段階かと思う人もいるとされるがどうでしょう。

また、日本は台風の多い国であるが、二〇二三年はエルニーニョ現象のため台風が発生しても太平洋上をかけ巡っていたが、日本に上陸は少なかったようだ。海水面の温度が上がり、北極、特に北極のグリーンランド島南部において島の下部の氷が解けるということは、温度が二度ほど上がり噴火している状態の中、海水の中で生きる魚類も冷たい海や海流に乗って冷たい北方や南方に移動している。

日本海においても海水の温度が上昇。九州に生息していた「ふぐ」も石川富山湾に移動、そこで生息していた「ブリ」は過去に「ニシン」や「サケ」の漁場に姿を現し、また「イワシ」の大群が函館や網走方面の浜辺へ。以前には「サンマ」が打ち上げられていた砂浜であり、今は魚の処理に追われ大変らしい。

今年は日本海は雨が降れば大雨になる。一時間に短期異常降水量警報が発表されるようになった。シベリアからの低気圧が日本海側に大雨が大雪に変わり、山口県、東北、北海道も十月頃に大雪が降って積もっている。このようなことは初めてだと騒いでいる。ハリケーンの多い大国アメリカやヨーロッパの諸外国でも大雨が降る所と降らない地方に分かれているようだ。降れば大洪水になった所は大変で、降らない所は牧草や野菜、草が生えず、牛や家畜、動物に被害が生じ、それらを原料として職業にしている会社等は大変である。

申し遅れたが、日本にも同様に、ダム、琵琶湖他の水溜《だめ》に雨が降らないので底が見えているという大変なことである。

プロスポーツ選手の生きざま

今の時代、スポーツ界は花ざかりである。サッカー、野球、バスケットボール、アイススケート他、多々あるが、それを支えるサポーター熱も大変で、選手と一体となって応援している姿は見ていても微笑ましい。他国に比べれば日本は優秀な選手は少ないけれど、特に秀でた人たちは多額の報酬で引き抜かれ、よりチームに貢献すれば大事にされて長く残れ、大金持ちになれる。それはその選手の手腕であり尊敬に値する。それを見て感じた人は我々にもできると大きく輪を広げるのである。

世界の野球界のトップ、アメリカも日本の侍ジャパンに負けてしまった。野球の天才というのが大谷翔平選手のような二刀流に挑戦し、百年ほど前に樹立したベイブ・ルースを抜いてしまったことである。そして彼は六年間在籍したエンジェルスを去り、今年ドジャースに十年契約一〇一五億円で移籍し世界一の富豪者になったのである。今迄の、エンジェルスのように勝手気ままな試合ができるか、少々事情が異なるように思う。ドジャースの選手の面々を見ると、以前と違う、より以上の能力を持っている選手が多いので、またそれなりの運も変わるので、うまくいけばいいが、大変な未来があるようにも思う。

人気のある各スポーツの種目の選手は、かなり多額の報酬を得ているのを聞いて、親から子供への視線も変わり、幼稚園、小、中学生まで好きなスポーツや学問に希望を持って取り組み、穏やかな生活をしているようだ。自力による行動であり将来に努力と思慮を持つことは意義があると思う。

日本も食生活が世界的標準に進歩し、身長も体重も世界の標準になったが、日本の特技である、相撲や柔道（特に重量級）は体力負けしている部分もある。

今まで、世界オリンピックの十位にも入っていなかった日本女子サッカーチームが世界ＮＯ・1を勝ち得た。日本女子サッカーの選手たちは外国の選手と比べて身長も体重も歴然とわかるほど小さいが、球《ボール》を追って走る姿は風のように速く、球にすがり付いていたように走り込んでいた。日本中の国民のほとんどがテレビに釘付けになり、勝ったときには「ヤッター！」と思っただろう。男子サッカーは以前より人気があり、多くのサポーターも付いいて、超一流選手は外国に行って技術を磨き、日本の若い選手に刺激を与え向上させている。


サッカーの選手は、球の行方を追いながら計画を瞬時に考えられて面白味があるが、マラソンに至っては、このようなことを書けばお叱りを受け、馬鹿者といわれるかもしれませんが、お許しください。

試合で一般道を走るときは、景色や応援する人たちの顔を見られるが、運動場での練習中は何を考えて走るのか。ただ距離とスピード、タイムだろう。しかし試合（競技）になれば、ゴールの競技場が見えれば自分より先走する選手を何名か確認し、もっと自身の足をいかに速く走らせていたかを思い出して、ゴールに到着したときには格別なさまざまな記憶が蘇ってくる、それが唯一の褒美だろう。

どんなスポーツ競技も、一流選手になった人はひとつまみに過ぎない。だけどその中に入らなかった人たちは、自分が歩んだ自身の苦労、努力、技術、思考力、同僚との付き合い方や、健康についての貴重な体験を人に指導できる。それが唯一の自然の恵みであり、未来に生きる基礎になると思う。

オーロラ鑑賞と屋久島の旅

北野先生の主催する会（総勢十数人）、エンジェルプランの二回目の旅。私は長男と一緒に関西空港からフィンランドへオーロラを見る会に同行した。東京在住の人たちは羽田からヘルシンキへ直行便、そこから地方空港行き、集合地のイナリ空港へ。

我々は関空発のオランダ空港着、夜間最終便のため一夜をオランダ空港のホテルで一泊し、翌朝一番機でヘルシンキへ。そして地方空港イナリ行きの機で、全員集合できたのである。

初日は中途半端な時間帯だったので民宿で過ごすも水道水は飲めず、炭酸水をスーパーで買って、熱して飲んだりした。民宿の近くには食堂があり、昼食はステーキとジャガイモ（ソフトボールより多少大きめ）にバターを塗った食事であった。外国人の身体が大きいのもこのような物を食べるのが日常だからであろう。私は半分ほど残した。

そこから夕刻に契約していたホテルに移り、ホテルで夕食を済ませた。八時頃からホテルを出て約一キロメートル歩き、山道を少々登ると、あちらこちらにオーロラを見るコテージが数多く並んでいた。その一室に我々親子が二人入室したのである。コテージは少々暖房が効くが、日本から持ってきたホッカホカカイロの温もりを初めて知った。その日から三日間、同様にコテージに行ったが、テレビで見るようなオーロラは見えなかった。

翌日の昼夜時、全員初めて知らない人ばかりの集まりなので、北野氏の紹介で知り合った人たちとなごむ中、ワインと、今まで食べたことのないカモシカの肉料理など日本では味わえない料理ばかりをいただいた。

他に有名なものというと、氷で造った教会がある。約十五坪くらいの広さで結婚式にも使えるようで、椅子や腰掛けや机（みんな氷で作ったもの）があり、部屋の中は外部の風や寒さが入らないので暖房がなくても暖かく感じられた。オーロラは見られなかったけれど、空の上層部を見ると、人工衛星が回っているのが肉眼で見えた。

日中はフィンランドサウナ。特有のプールがあり、人気があるのか、子供たちで満員の状態であった。

夜はオーロラで時間を取られるが、三日目の朝から北野氏の誘導で、サンタクロースの原地でありムーミンの故郷の地に旅行に行った。私は体調が悪かったため不参加でホテルで寝ていた。残念であった。長男は皆と一緒に行き、長女のプレゼントを三点ほど買ったと言っていた。電車もきれいでサンタもおり楽しめたと喜んでいた。

翌朝は早く帰路に、イナリ空港からヘルシンキへ。機内では我々も席がバラバラになり言葉に苦労した。フィンランド国には人種の異なる人が多く、言葉が違っていた。やはり近隣国であるロシア人が最多のようである。外国に行けば言葉で苦労するのはわかっていた。話しかけられてもＯＮＬＹ ＪＡＰＡＮＥＳＥで、相手も困惑するだけである。

やがてヘルシンキに到着。北野氏の誘導で空港から近い都会を散策し、外部から寺院を見たり、景情、道路事情など北欧の姿を目にとどめ、宝飾品を三点ほどみやげに買い空港に到着。帰路は夜間飛行のため四時間ほど暇があり、ヘルシンキ空港の雪国の過ごし方を歩いて見ることができた。大きなビルの地下には自転車や観光バス、都市バスの駐車場が大きく設置され、大雪が降ってもバスは地下から発車でき、ターミナル終着点でもある。一階は空港事務所、それに関する集合場所、出入国者の入口等であり、上階は百貨店やスーパーが存在して有効に建てられている。私たち二人は関空着なので、他の方たちとはこの場で別れたのである。

出国手続も終わり、機内に座った。やがて離陸前の機器や翼の点検、雪国のため除雪に使用される消火栓の水で清掃し、点検終了、出航となる。出航後一時間前後たち、飛行機が雲の上を飛行中、突然電灯が小灯になり、機長からアナウンスが流れた。「今夜はラッキーな夜である。ふだんはあまり見られない物が見られます。窓を見てください」と言われ、見れば宇宙に向かって大きな摩天楼のような柱が大きなサイコロ状に積み重ねられ、黄、赤、赤、青、緑などと光り輝き、見事な風景に我を忘れた。機内は驚きと溜息で騒然となり、いいものを見たねと客同士が話していた。本物のオーロラを見せてもらってありがとう。機長の行為に感謝のみである。

東京行きの人たちは見られなかったようである。今更ながら写真を撮れなかったのが残念であります。

北野先生のエンジェルプラン、三回目の旅は三泊四日の屋久島である。世界一、雨の多い島。島の四分の一は雨か晴れているか曇りのどれかであり、それぞれが異なった景色を持っている。初めに行った所はカジュマル園である。ここにはいくつかの妖精がおられ、写真を通して観《み》て感じる人は、それなりに感じるらしい。私には何の反応もなかった。

漫画家の宮崎駿《はやお》氏も何かに思い当たった？　ときにはこの場に来られているようです。

翌朝二日目五時頃、島の中腹にある屋久杉の自然公園、いろいろな杉が育っている最大の公園他である。今回の催しの出席者は十五名ほどで、東京、大阪の各地から飛行機で三名、他は福岡から北野氏の会員の人たちが電車で鹿児島港へ。船で屋久島への旅である三日目は、自動車で屋久島をゆっくりと一周して回った。その途中、午後二時～四時頃まで海の浜辺、いなか浜で夕陽と景色を写真で写していたところ、口永《くちえ》良部島《らぶじま》を眺めていると再噴火が目についた。左記写真を撮ったのが（当日、テレビニュースで放送）その一時間後。頭上を見れば、ジェット雲が無数に九州方面、北西に向かっていた。そこで私は北野氏と次男に、以前石川県金沢の和倉温泉を旅行中に「新潟方面に飛行するジェット雲と同じような雲を見た」ことと、翌日、新潟地震が発生し大変な被害があったことを説明したのである。

この写真では沖永良部島の再噴火は見えない。初めは２、３本のジェットの飛行機雲

ジェット雲が重なり合って色も黒く大きく成長して九州方面へ。以前、金沢で同じように新潟方面に向かう雲を見た時は、翌日、新潟地震があった

二〇一六年四月十四日二十一時二十六分、熊本地震が発生した。幸い、東京、大阪に向かう者は飛行機（プロペラ機）で無事帰阪した。福岡、熊本から来られた人たちは、船で鹿児島へ、九州新幹線で出発。以後の電車は福岡に到着できなかったらしい。助かったと胸を撫で下ろしたようである。

人生僅《わず》か五十年と言われた時代も、ここに来て医薬、ＩＴ電子産業や他の技術の発展により、百年時代に入ろうとしている。八十歳を過ぎれば、何かにつけて自身が老いてきたと感ずるようになる。

運命の悪戯か宿命なのか、死が早ければ本当に気の毒である。学生時代から成績優秀であり、また特殊な才能を持つ人は、就職や生活も安定して思い通りに生きられるだろう。それ以外の一般に生きる人は、人生の荒波を苦悩して乗り越え、努力の結果、成功すれば良いが、逆になれば地獄のどん底に落とされてしまう。だが、藁にも縋《すが》る思いで反省し、幸福《しあわせ》を掴む新しい思案をもって考えに浸り、仕事に情熱をもって従事、時機を待って信用を回復、以前と違う所を見せれば何も恐くない。

失敗した時点で誰も頼る人がなく、一人で考える知恵も失《う》せてしまえば、死だけが残る（思い詰めた人たち）。「死ねば自分の人生は、それで終わる」。自我を捨てれば何事もできるはずである。恥ずかしいことでも何人かの人に相談すれば、その中から自分に合う良い話があるかもしれない。

自殺行為は最低の行為である。この世での生き様が最悪だったとしても、あの世に行けば新たな生活が営める、それは間違いである。この世のほかに良い所は決してない。この世にこそ華がある。一から出直し努力すれば、必ず女神が助けてくれるだろう。

私たちが生きた世間を振り返れば、バブル期、デフレ期、コロナ感染病、等、恐い峠を越してきた。そのお陰で多少の人間らしい生活ができた。

バブル、デフレ期に大儲けをした人、また大損をした人は多いが、損をした人の信用復活、出直しは大変な努力と忍耐が必要で、荒波を乗り切ればそこには大きな夢と幸福《しあわせ》が待っているだろう。死ねば暗闇ばかりで良い世界なんて有り得ない。

世界平和を重視して地球上に生きるものを平均化しているかのように人口が多くな

れば、どこかで戦争が起こり、コロナ禍（病気）で何億人が死に、また何十年かして生存者数が増え平穏な生活が始まる。企業家たちの栄枯盛衰も同一に思える。

地獄を観たら緻密な計画と大胆な行動で逆転せよ、極楽を手にしたら落し穴に注意せよ。

般若心経（談義）

著者　川村精一／監修　エンジェルプラン北野耕嗣

般若心経

「般若心経」は、人として此岸《しがん》（この世）に、宿命を以《もっ》て生まれ、人となりの道徳の教えを解かれたのが眞言《しんごん》と想える。

あらゆる秀でたものを越えて、偉大な、人の生命が誕生する自然の根源なところ、「空」なる所で目覚めた仏様の智恵《ちえ》を般若心経（眞言の智恵）で悟りの境地で教えられた締めくくる眞言である。

観音様は、誠《まこと》の慈悲の心をもって苦悩される人々を救うために自《みずか》ら行者になって悟りの境地で眞実の智恵の基《もと》、仏様から教えられ、伝達して助けを導く役割である。観音様は三十三身の姿に化身して見守っておられる。十一面、千手、馬頭他…等々である。

その観音様が、般若波羅蜜多（眞実の智恵）による悟りの境地で修行しているとき、霊眼で生命の奥を見通してみると、人間は五つの要素「色・受・想・行・識」㊀生ずるもの他、事物＝肉体は【受想行識】＝生命の意識・精神作用から成り立っており、目に見えるものはなく「空」であるから、永遠に生存するものはないと悟った。それによってあらゆる苦しみの災厄から解き放たれたのである。

舎利子《しゃりし》は、お釈迦様の弟子である。

実在しない菩薩様に舎利子が「空」の瞑想で語り掛け、五蘊《ごうん》はすべて空であることを照見《しょうけん》し、一切の苦厄《くやく》を導いた。これはまさしく仏様の聖霊を伝授されたものである。

この世のあらゆる存在や現象は、実体のない「空」であり、「空」であるから存在し、現象となって現れる。存在や現象（人間や生物、および事物）は「空」であり、目に見えない神佛の存在する現象「空」（一例を挙げれば空気など）表裏一体である。故に成り立たせているのである。

「受想行識」心で感受する感覚の㋐　さまざまな想起の㊞　意志の行動の㋑　認識の㊝　もまた同じように「空」である。

お釈迦様が、観音様に働きかけ、舎利子に仏様の言葉を伝授したものが「般若心経」である。

一切の万物の存在するあり方は「空」であるが故に固定された実体はなく、変化流転するものである。

諸法においては、人間は死んで肉体は滅びて消えても霊性は不滅である。如来の元で、此岸の生き様である歪んだ所を是正、空なる次元から物質的現象に働きかけ、自らの霊性を次の人間として世界に実体化させる。

それが来世であり、前の一生と違い、別の人間である。霊の性《さが》の中に前の一生と違った宿命を持って生まれるのである。

受想行識の過程の中で心が歪んでしまった人の魂は、「空」なる次元をも歪めていく。この此岸の世において心の歪みを正しく浄化訂正した人は、魂の目覚めと自らあの霊性をも清らかに戻していく。その霊性が次の一生の宿命となるのである。

「空」であるからすべてのものは生じることも滅することもない、また汚いとか綺麗といったものでなく、増えることも滅することもないのである。

「空」と云う真理は何もないことであり、存在もなければ受想行識もないのであるから「こだわり」「とらわれ」を持ってはならない。


更に眼《げん》、耳《に》、鼻舌身意《びぜつしんい》（心《こころ》）と言った感覚も器官（六根《ろっこん》）もない。それぞれ器官の対象となる色声香味触法《しきしょうこうみしょくほう》（精神）（六境《ろっきょう》）もなく、また感覚器官とその対象になる（六識界《ろくしきかい》）もすべての世界もないので、こだわりを捨てろということである。

「空」においては迷いもなく悟りもなく老いることもなく、死ぬこともなく、苦しみの老いや死がなくなることもない。その原因もなく、それを滅することもないからだ。

「無明《むみょう》」は智恵がなく物事が見えず、無智なるが故に迷いの世界にいる私たちのことである。この「無明」は私たちの苦しみや悩みなどがどこから生まれてくるのかを説いた「十二縁起」が最初にあげられている。迷いや悩みの根本原因となる「無明がない」と言うのが、この「無無明」であるから「空」という真実の世界には迷いも苦しみもなく、真実の智恵と悟りに満ちていることが説かれている。

「無明」と言う迷いに始まって「老死」で完結することになるが、それはすべて因縁で関係する「十二縁起」により成り立っている。ちなみに縁起とは、因縁生起《いんねんせいき》の略である。死んで生まれてくる輪廻転生《りんねてんしょう》の理法である。

「十二縁起」は、お釈迦様が菩提樹の下で悟った縁起であるが、何故か般若心経の経文から外《はず》されている。

①　無明《むみょう》・迷い。智恵の光を失って迷いを生み、煩悩の根源。
②　行《ぎょう》・行為。無明から起こる行いで、次の「識」を起こす。
③　識《しき》・認識。受胎の初一念と言われ、受精の一瞬間を言う。

④名識《みょうしき》・精神と肉体。母胎の中で心と身が成長すること。
⑤六入《ろくにゅう》・器官。六根（眼耳鼻舌身意）が揃って母胎から出る。
⑥触《しょく》・接触。赤ん坊の頃の苦楽を識別することのない状態。
⑦受《じゅ》・感受。少年期の苦楽を感受する状態。
⑧愛《あい》・渇愛。青春期の欲望に生き、苦を避け、楽を求める。
⑨取《しゅ》・執着。自分の欲求するものに執着する。
⑩有《う》・生存。所有したものを手離すまいと執着する。
（受・取・有の三つが来世の業となる）
⑪生《しょう》・生まれることで次の生が始まる。
⑫老死《ろうし》・老いることと死ぬことの苦しみのこと。
〔⑫から逆に①へと順次戻っていく縁起の説がある〕

人間の一切の苦の根源は無明であり、すべては縁起から起こる。縁起と言うと「縁起が良い」とか「縁起が悪い」のように吉凶の言葉と見られている。自己と他との関係が縁となって物事が生じることを因縁生起というのである。

因縁因果は数多く説かれていますが、三界は唯心の所現という言葉がありますが、これは欲界、色界、無色界を表しており、心霊的な言葉で言えば、肉体界、幽界、霊界は唯心の現れであるということなのです。

自己の生む環境は総ての唯自己の心（想念）によって創られているのである。このように或る想念が因（原因）になり縁が生まれ、果（結果）に成るので、これは行為としても同一である。

人間の本体は直霊として神の座にいて、自由自在に働いているのであって、現在人間がこのように不幸な不調和な世界を現出させているのは、過去の誤った想念行為（因縁）が現象世界に現れて消えていく姿である。

現れてきた不幸や不調和の原因を追究したり穿《ほじく》り返したりしないで、単純に素朴に過去世からの業《カルマ》因縁、つまり想念行為の誤りが消え去ってゆく姿である。

どんな悪因縁でも、どんな心の誤りでもそれは過去世から現在に至る誤った想念行為の集積なのであって、永劫に消え去ることのない実在とは違うのであるから、想念から心を離せば、いつか消え去ってしまうのである。

「相応部経典《そうおうぶけいてん》」では、「それが存在するとき、あれも存在する。これが生起するとき、かれも生起する。これが存在しなければ、あれも存在しない。これが滅《めっ》すれば、あれも滅《めっ》する。」とある。

この相互の関係性の事実、縁起だけが真実であると、お釈迦様は悟ったのである。苦の根本原因は迷いの無智である「無明」であると解明した。お釈迦様は、無明を滅すれば苦も滅する、という縁起を観じた。

十二縁起の循環関係は次の通り。

①人間の苦に老と死がある、なぜか。
②それは、生《せい》があるからだ、なぜか。
③それは、有《う》（生存）があるからだ、なぜか。
④それは、取《しゅう》（執着）があるからだ、なぜか。
⑤それは、愛《あい》（渇愛）があるからだ、なぜか。
⑥それは、受《じゅう》（感受）があるからだ、なぜか。
⑦それは、触《そく》（接触）があるからだ、なぜか。
⑧それは、六入《ろくにゅう》（器官）があるからだ、なぜか。
⑨それは、名色《みょうしき》（身心）があるからだ、なぜか。
⑩それは、識《しき》（認識）があるからだ、なぜか。
⑪それは、行《ぎょう》（行為）があるからだ、なぜか。
⑫それは、無明《むみょう》（迷い）があるからだ、なぜか。

〔また⑫から逆に①へと順次戻っていく縁起の説あり〕

十二縁起によって無明を生きる。

菩薩様は、「空」の眞理を得ようと修行したが故に悟りの境地に安住している。そのために心にわだかまりがなく、それ故に恐れることもない。

しかも一切の間違った認識や考えから解き放たれていますので、永遠の平安の境地に入ることができるのである。

過去、現在、未来の佛様は、「空」の眞理を得て以後も、また修行に徹したために、この上なく三つの正しい等しい崇高な悟りを得たのである。

このような訳で、「空」の般若波羅蜜多（眞実の智恵）は神霊で偉大な力のある眞言であり、他に比較にならない「眞言」である。それ故この真言は、あらゆる苦しみを取り除く真実を示すものである。

ここにおいて隠された、完成された智恵の眞言を説こう。

般若心経の最後を締めくくる眞言の中に秘められている。
それは以下である。
『羯諦《ぎゃてい》羯諦《ぎゃてい》、波羅《はら》羯諦《ぎゃてい》、波羅《はら》僧《そう》羯諦《ぎゃてい》、菩提薩婆訶《ぼじそわか》』

以上はサンスクリット原語で、玄奘三蔵法師《げんじょうさんぞうほうし》は梵語の音を漢字に当てただけで訳していない。梵語によるこの呪文（眞言）には不思議な霊力があり、これを唱えれば一切の迷いや苦しみを除くことができる。
わずか一字の中にさえ無量の深い真実の智恵を含み、その功徳によってこの身の儘《まま》で立ちどころに悟りを得ることができる。

眞理は本来言葉とかけ離れているが、言葉や絵等を用いなければ眞理を表すことができない。仏様の絶対的な眞理は「空」である。しかし「空」眞理は「色」現象を超越しているので、「空」に至るために「色」を全《まっと》うしなければならない。現象によって初めて眞理を悟ることができるという意味である。
弘法大師空海は、眞言の一字は千の眞理を含み、それを唱えれば、この身この儘で眞理を悟ると言われている。あえて私なりに解釈してみますと、次の通りになると想える。

羯諦　　　　　　　教えてください。
羯諦、　　　　　　教えてください。
波羅羯諦、　　　　眞言の眞理を明らかに教えてください。
波羅僧羯諦、　　　人間であるが故に本源の世界を知らねば、
菩提薩婆訶　　　　神界の本懐《ほんかい》に昇れないので、教えてください。

尚、お釈迦様は死による奇跡も、死後の仮説についても一言も触れていない。「生きる者は、死ぬ者」として冷静に言われている。

仏説摩訶般若波羅蜜多心経

観自在菩薩行深般若波羅蜜多時　照見五蘊皆空　度一切苦厄　舎利子　色不異空　空
不異色　色即是空空即是色　受想行識亦復如是
舎利子　是諸法空相　不生不滅　不垢不浄　不増不減
是故空中　無色無受想行識　無眼耳鼻舌身意　無色声香味触法無眼界　乃至無意識界
無無明　亦無無明尽　乃至無老死　亦無老死尽　無苦集滅道
無智亦無得　以無所得故　菩提薩埵　依般若波羅蜜多故　心無罣礙　無罣礙故　無有
恐怖　遠離一切顛倒夢想　究竟涅槃
三世諸仏　依般若波羅蜜多故　得阿耨多羅三藐三菩提
故知　般若波羅蜜多　是大神呪　是大明呪　是無上呪　是無等等呪　能除一切苦真実
不虚故　説般若波羅蜜多呪
即説呪曰
羯諦羯諦波羅羯諦波羅僧羯諦菩提薩婆訶　　般若心経

あとがき

このたび、三冊目となる拙書『此の世にこそ華がある「地獄と極楽」無駄にするなよ我が人生《みち》を!!』を（株）文芸社のお力添えで制作出版できました。最後までお付き合いくださった読者の皆様に心から感謝いたします。

私も八十八歳を迎え、長い人生を歩んできました。太平洋戦争、終戦、バブル、デフレ期を体験、自然災害、地震、台風等、いつ、どこで何が起こるかわからない日本国、過去を振り返れば大変でしたね。

今回の作品の中で、お酒についていろいろと批判めいた文章になりましたが、気を悪くされた皆様にはお詫び申し上げます。これは私自身に一部の僻《ひが》みというか、人様がお酒を嗜《たしな》み飲んでほろ酔い気分を味わえているのに、同じ人間として生まれても私にはアレルギー症があるため（体に痒みが発生）お酒を嗜めない不公平さに、多少の不満を感じていたためだと思います。飲みの席での「なんや君、酒飲めないのか」のひとことや、その人たちの輪の中に入れなかったことが残念で、長年悩み思い続けてきました。本当に、仕事の営業、新・忘年会他の飲み会のときには大変でした。今日《こんにち》では子供に家業を任せているので楽になりました。

人生の残り炎は演歌の作詞に変革を求めて、良い作品を作りたいと思っています。

二〇二四年

川村　精一

著者プロフィール

川村 精一（かわむら せいいち）
昭和11年　大阪市生まれ、京都府宇治市在住
昭和31年　大阪工業大学土木学科中退
平成13年12月　（一社）日本音楽著作権協会入会
筆名：明日香大作
◆代表作詞（DAM入信曲）「燻銀《いぶしぎん》」「男華」「なにわ風」「愛を消さずに」「女の夜曲」他多数。
【既刊書】
『般若心経　苦しみの中で光を見失ったあなたへ』（2015年文芸社）
『人生泣き笑い　勝てぬ馬が勝った‼』（2018年文芸社）

此の世にこそ華がある「地獄と極楽」無駄にするなよ我が人生《みち》を‼

2024年11月15日　初版第1刷発行

著　者　川村 精一
発行者　瓜谷 綱延
発行所　株式会社文芸社
〒160-0022　東京都新宿区新宿1－10－1
電話　03-5369-3060（代表）
03-5369-2299（販売）

印刷所　TOPPANクロレ株式会社

ISBN978-4-286-25568-2